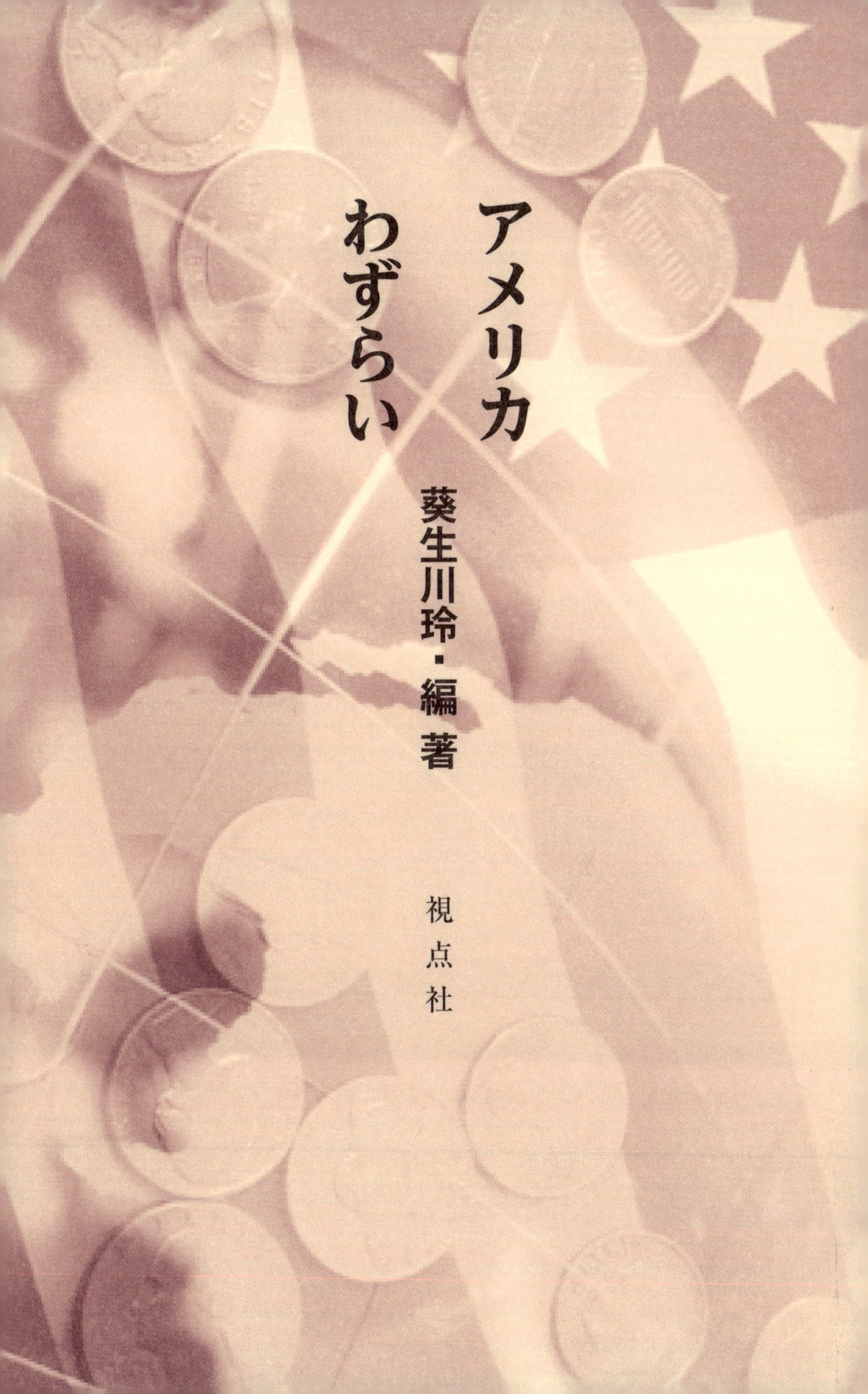

アメリカわずらい

葵生川玲・編著

視点社

アメリカわずらい　目次

I

鳩

ゲージの中にハトがいる。

＊

白いハト
首と尾に模様のあるハト
これら様々な、
数千羽のハトは理由も明らかにせず集められたものだ。

＊

キャンプ・コヨーテに配属された
八羽のハトの世話にあたる

笑顔の、オベイド軍曹（28歳）の薬指には指輪が光っている。

＊

一月にはニワトリ数千羽を配備したが、
世話の難しさなどから
大半のトリが死んでしまったという。

このハトは、
イラクのＶＸガスに怯える
米軍の、
「警報機」として部隊に届けられたものだ。

＊

バグダッドに進軍する海兵隊の、
軍事車輌で運ばれる
ゲージの中のハトは、
何処にも

飛んで行けない。

註・参考「朝日新聞」二〇〇三年三月二十日記事より

飛行禁止空域

＊

イラクの、と説明の言葉が付け加えられても
その疑問には、何も答えたことにはならない。

「米英軍機」
が
『飛行禁止空域」で空爆。
と
新聞の記事は確かに伝えている。
フーン英国防相は、

国会で米英軍機による展開を強化している
と語った。
これで、誰が、一方的に「飛行禁止空域」を設定したのかがわかるだろう。
イラクという独立した国の空の半分以上を覆った
「飛行禁止空域」とは
イラクの航空機が飛べない場所のことなのである。

＊

米国防省は三月六日「飛行禁止空域」で偵察に当たっているのが、
一日に少なくとも五〇〇機で、
これまでの二倍になったことを明らかにした。
F16などの戦闘機、偵察機、補給機が参加。連日数百波が不定期に出撃し、対イラク戦争に備えて、イラクの防衛、通信施設などの偵察と破壊に当たっているが、新たな増強と不定期出撃はイラク軍に開戦と見分けがつかない状況を作り出すことにあるとその狙いを語っている。

＊

英紙ガーディアンは、三月四日付けで「飛行禁止空域」での空爆は〈新たな戦争〉の開始だ、と指摘している。また同日付で英紙ディリー・テレグラフは、英特殊空挺部隊を含む米英豪の特殊部隊四千数百人がイラク国内の各地に潜入し、開戦に備えた偵察活動をしており、その情報が空爆を効果的にするのに役立っている。

＊

さらに米軍は、イラク国境に接するクウェート北西部の砂漠で、連日二〇万を超える部隊の実戦さながらの演習を続けている。それは露骨に過ぎる軍事脅迫であり、「武力による威嚇または武力の行使」を禁じている国連憲章第二条に違反する行為である、と報じている。

＊

国連イラク・クウェート監視団のバーガー報道官が三月八日、クウェート側のフェンスが七ヶ所、戦車や装甲車が通れるほどの大きさで切断されたことを明らかにし、切断したのが米海兵隊であることを確認している。フェンスの切断後、非武装地帯を米軍車輌が走行しているのが目撃されており、同報道官は、「武装兵士の非武装地帯への立ち入りは国連決議への違反行為だ」と強調している。

*

三月一一日（ワシントン永田和男）米フロリダ州のエグリン基地で通常兵器の中では過去最大の破壊力を持つといわれる新型爆弾の実験を行なった。「ＭＯＡＢ」と呼ばれる2万千ポンド（9,530キロ）の超大型爆弾は対イラク攻撃で使用される可能性もある。

三月一四日（ワシントン浜谷浩司）「飛行禁止空域」に、Ｂ1長距離爆撃機を投入し、衛星を利用した精密誘導爆撃を行なった。イラクへの本格進攻に備えているとみられる。イラクの、すでに、死者を孕んで運命の上に降りかかっているもう何らの説明のいらない戦争の日々・国連での決議をめぐる日々の陰で進行する新しい戦争の、新たな死者を生む新たな武器の実験のための日々が準備されている。

註1．飛行禁止空域の設定は、一九九一年の湾岸戦争後、北部地域に居住するケルト人と南部のシーア派をフセイン。イラク政権の攻撃から守ることを口実に米英が国連決議もなしに設置したものである。

註2．主として「飛行禁止空域」に関する情報は、しんぶん赤旗に掲載された記事を参考とした。四大紙は殆んど報道していない。

＊空母リンカーンの飛行甲板を舞台として、大統領ジョージ・ブッシュは対イラク戦争の終結を宣言した二一世紀以降を生きる人類にとって、これは恐るべき映像である。本作品はイラク戦争開始前にかかれたものであるが、私が書こうとした意図と、その対象である米国とその国を牛耳る者たちの危険な策略は、なお一層拍車がかかってきているからである。

統計

［1］　十二％
［2］　三十％
［3］　四十％
［4］　一七％
［5］　五十％

［1］アメリカの人口に占める黒人の割合。［2］湾岸に派兵されている米軍に占める黒人兵士の割合。

［3］同じく、非白人兵士の割合。［4］同じく、女性兵士の割合。［5］同じく、女性兵士に占める黒人兵士の割合。

［6］　二九・六％

［7］　二五％

［6］アメリカにおける十六〜十九歳の黒人全国平均の失業率。

［7］同じく、十五〜二十五歳の黒人男性の、銃撃も含んだ暴力行為並びに麻薬など反社会的行為で死亡する割合。

＊

（ブッシュ政権は、黒人兵士の比率が高いことを「志願制」であるからと、問題にしていない。）

（E・Jキャロル提督は、「富と力を持つ人々が決定を下し、貧しい若者たちが戦わされる。」と語っている。）

契約

契約日　一九九〇年十二月一一日。
発注者　米国防総省
数　量　一六、〇九九個
仕　様　全長7フィート10センチ（約二三五cm）、幅38インチ（九六cm）、深さ6インチ（一五cm）。6個の金属製リングとファスナーが縫いこまれている。
製　造　ニュージャージーの工場で、一九九一年一月十日から生産開始。
納　期　一九九一年三月一日。
品　名「ボディパッグ」（別称、遺体収容袋）。

＊

（一九九一年二月一八日現在までの、米軍の死者の総数は十四名。同日、ペンタゴンとリヤドの米中央軍報道官は、地上戦への準備はほぼ完了したと発表した。

（ボディバッグの到着するデラウェア州マンドーバー基地は厳しい報道管制下にある。

悲惨な死体を国民と世界に知られたくないという、当局の考えによるものだ。）

ショウ・ザ・フラッグ

＊＊

旗を洗う。

歳月を洗うように。

ショウ・ザ・フラッグ。

湾岸戦争の帰還兵を迎える
ウェルカム・ホーム・セレモニーに、
持ち出されようとしている

記念の旗を洗う。

ギネスブックが認定した
世界一大きい「グレート・アメリカン・フラッグ」

天地二一〇フィート、左右四一一フィート、重さ七トン強（フットボール場二面分）。
一九八〇年作成、
一九八〇年レーガン大統領に贈呈のあと、
倉庫に眠ったままの　ホコリまみれの巨大なアメリカ。

巨大な旗を洗う。
ゴルフボール製造に関して高い技術水準を誇る
ウイルソン・スポーティング・グッズ社のテネシー州フンボルトエの、
真新しい作業着と帽子、白いカバーの付いた靴で身を纏った従業員が、
一五〇〇人。九時間かけて、

水　三万ガロン。
トラック　五台。
消防ポンプ車　二台。
箒、ブラシ、バケツ　数十を使って、
巨大な旗を洗う。
技術力と労働力の質の高さが高く評価されるウイルソンの誇りをかけて、
町を挙げて大歓迎の、
マーチング・バンドを繰り出しての大イベント。

＊

米政府高官が、言ったとか言わないとか　アメリカ人は、旗が好きだから
あれは、どうなったのか　誰が誰に向けて、言ったのだったか、言わなかったのか
議論は日本人にも、旗の好きなのがいるから　曖昧な、外務省発表と、さらに言葉の呑み込んだままのゆるゆるなマスコミ報道と　それで、結果はどういうことになったのだったか　言葉だけが、たどたどしく流布されて　誰に、期待されるのか、
「ショウ・ザ・フラッグ。」

それは間違いなく、アメリカ人の好きな言葉だ　でも観客のいないドラマの台詞の意味も　いつしか湾岸では、日常的に　天にも地にも海にも満ち満ちていて　星条旗が踊っている　船の尻尾につながって　日の丸と旭日の軍艦旗が、尻尾を振るように激しく揺れている　インド洋では、イージス艦や護衛艦の艦尾にもそれがあって　送り込んだドラマの制作者たちは、もう次のシーンを激しく夢見ている。

註＊　引用の記事と写真は一九八六年六月号『マルコポーロ』創刊号の特集「アメリカの仮面を剥ぐ」による。

アンディーからの伝言

【アムステルダム14日ＡＰ】世界報道写真財団は、十四日、米国カメラマン、デービット・ターンリー氏が撮影した湾岸戦争の写真を一九九一年世界報道写真最高賞に選んだ＝写真（ＡＰ）と、見覚えのある一葉の写真が三月十五日報じられた。

説明には、極めて簡単に、こう付け加えられている。

「ターンリー氏は、湾岸戦争の終結直前、米陸軍第五移動外科部隊の負傷兵救出ヘリに同乗。機内で友軍の誤射で戦死した親友の遺体の横で泣く、左腕を負傷したケン・コザキバックス軍曹をカメラに収めた。七十五カ国から寄せられた約一万八千枚の中から最高賞として選ばれた。」と。

だが、昨年の三月多くの雑誌に掲載されたときの悲惨な写真が語りかけているのは、隠され続けていた恐るべき事実であった。

目を負傷して苦痛にうめいているのは、シュライザー伍長。その横のボディバッグの中に収納されている者のことは知っていたのだった。

私は、再び記憶の痂を剥ぎ取らなくてはならない。

＊

終戦前日、一人の米軍兵士が死んだ。

アンディー・アラニズ　二十歳。

妻はキャサリン十九歳。女の子を身ごもっていた。

彼は気のいい青年だった。テキサス州のメキシコ移民で、トルティーリャと野球とソウル・ミュージックを愛していた。

だが、戦友たちや国防総省当局者がキャサリンに話したのはこうだ。

［ユーフラテス激戦の最中、イラク共和国親衛隊の攻撃で動けなくなった師団の仲間たちを助けに行ったアンディーは、イラク人に胸を射抜かれて倒れた。］

キャサリンはこうして英雄の未亡人となった。

国は英雄を死後、勲章で飾り立てた。

「砂漠の楯」作戦から「砂漠の嵐」作戦へ続く別れの期間は、結ばれたばかりの二人の絆を強めるばかりだった。

何度も再開を約束しあい、愛を誓い合った。

＊

一九九一年三月のある日、
雑誌に掲載された一葉の写真が、二人の別れを決定的にした。

「腕を吊った兵士が泣いている。隣では、目と頭を包帯で巻かれたもうひとりの兵士が、ヘリコプターの床に直に置かれたボディバッグの横で苦痛にうめいている。」

キャサリンは言う。その時の直感をうまく説明することができないと。

「私にはすぐ、その袋の中の死体がアンディーのものだとわかったの」

でも、激しい怒りと悲しみを振り切ろうとした。お腹の中の子が産まれるまで持ちこたえられるようにと。

＊

再び、キャサリンはあの写真を目にしたのは娘のアンディーが生まれてから一カ月以上も経った頃のことだった。

サン・アントニオ市の『エクスプレス・ライト』紙の付録の表紙を飾っていた。

表紙を捲るともう一葉の写真があって、兵士たちが誰かの体をブラットレー装甲戦闘車から引き出しているところだった。その車体に、運転手が自分で記したに違いない名前が見えた。文字の最後のほうしか見えないがＡＩａｎｚ、アンディー・アラニズ……。

第二四機甲師団……。やはり、あの袋の中の男はアンディーだったのだ。

見出しには、「戦争写真の秘話」とある。

カメラマン、ターンリー氏の証言を読んでキャサリンは青ざめた。

［プラットレー装甲戦闘車は、突然砲撃を受けた。装甲車のまわりの兵士たちは怒り狂っていた。彼らは、味方のアメリカ側戦車から撃たれたと言っていた。］

ターンリー氏は運転手の名を挙げていない。

でも、彼だ。間違いない。

キャサリンにとって、まるでアンディーが二度死んだようだった。

なぜ、愛しい人だけではなく

その人の死まで取り上げるのか。

ターンリー氏の証言は続く。

［もし私が、将官たちが写真の配布を妨害していることに気が付かなかったら、これらの写真が公表されることはなかっただろう。国防総省はあらゆる手段を行使して、湾岸戦争の映像をコントロールしようとしていたのだから。］

歴史は、彼らが望んだわけではない戦闘に二人を放り込み、さらに嘘の中で二人を引き裂こうとしている。

キャサリンの心に付きまとって離れなかったこの写真は、きっと、アンディーからの伝言なのだ。

＊註　一九九二月一五日付「毎日新聞」
一九九二年一月二四日付「アサヒジャーナル」

影の濃い時間

アメリカの複数の政府高官は、何のこだわりも見せずに現在自国が第三次世界大戦の渦中にあると断言した。

*

*

花を落としたばかりの、固い灰緑色のケシ坊主にナイフがあてられ、スッ、スッとタテに刃で数筋入れる。たちまち粘った液が滲みだし、涙のように傷口を覆っていく、その白い液は、翌日には褐色のアヘンとなって集められる。

アフガン東部のジャラララバードのアヘン市場には数百軒の店がアヘンを並べている。ここが原産の地とされ、世界最大のケシ栽培国と言われているのだ。

冷涼で峻厳な岩山ばかりが多く連なる地に、清々しい白い花が咲き競っている。バザールには乾燥したそのケシ坊主が山のように積まれていた、アヘンを採ったあとのケシ殻で、ナイフの傷跡で黒々と引きつっていた。中にはタネがびっしりと詰まっている。あのアンパンのうえに乗っている香ばしい小さなやつだ。

＊

九月十一日のワールド・トレード・センター事件のあと、日本は後方支援と称して艦隊をインド洋に派遣し、兵粘を担った。これはもう戦争に加担したことである。

＊

アフガン南部のカンダハル州政府は、ケシの栽培を事実上黙認。と佐藤浅伸特派員電の伝える写真は、車で二十分の広大な小麦畑の中、ところどころに白とピンクの鮮やかなケシの花を映している。

タリバンの指導者オルマ師は、国際社会の圧力に屈して、ケシ栽培を禁止、世界最大の生産量を誇ったアフガンへのアヘンは激減した。

しかし、現在の値は五倍にもなっている。

「外国は金のために武器を売る。自分たちはアヘンを売る。武器とアヘンで人が死んでいくのだ」花の中に立って農民は挑発的な眼で語り、副知事は「中央政府はケシ畑処分に補償金を出すと約束したが、一度も履行されていない」と暫定行政機構への不満をあらわにした。と最後に付け加えている。

＊

隣国パキスタンの、人口約一、二〇〇万人のカラチには、約一〇〇万人もの麻薬中毒患者がいるといわれている。

＊参考「読売新聞」二〇〇二年二月八日岩間陽子「戦場の花重い記憶」。「読売新聞」二〇〇一年一月十二日・十七日植松黎「ケシと文明」。「読売新聞」二〇〇二年五月十七日。

その、西

そことは、
その、西とは。

常に西に住まいしてきた者の末裔である
私の心に浮かび上がってくるもの。

例えば、
北海道樺戸郡滝川町字西浦一九六番地
は私の棲み、育った場所の旧地番表示だ。
例えば、

東京・赤羽西口にあった木賃宿の薄い灯りや
立ち飲みハウスの暖簾が風に揺れていたのも。
例えば、
池袋の西口に寄せ集まるように軒を連ねていた飲み屋の
雑然とした風景の上に見えていた夕陽の濁りを。
例えば、
新宿駅西口に程近い淀橋浄水場を見渡す荒涼とした風景に
音を与えていたのは路面電車。

*

そこにある、
西とは。

確かに見えるものの、
その反対側で。
一日の、貧しさと怒りを鎮めて、

静かに、祈りの深さをあたり一面に漂わせてきたところだ。

そこの、
そこの、西とは。
開拓の熱情に追い立てられて、
さらに、
虐殺と裏切りの死を数えたてた地に向かう心を覗くことだった。

カリフォルニア
サンタバーバラの海岸、
毎週日曜日、砂浜に墓地が出現する。

いつか、
砂浜には、一、〇〇五番目の白い十字架が建てられる。
「いつどこで生まれた誰が、

イラクのどこでどのように死んだか。」
を伝えながら、
弔いと抗議が続けられている。

ライトアップされて、
整然と、十字架の死の形を風景の中に浮かび上がらせて。

そこは、
「アーリントン・ウエスト」と呼ばれている場所だ。

＊ 米政府がイラク戦争での戦死者をマスコミに報じさせないことに抗議して毎週行なわれている。

II

マンハッタン化計画

一九九〇年大後半、
北の半島の北部の地で、
密かにそれは、企てられていたのだった。
幾つもの国々が把かみ取った危険な賭けのように
マンハッタン化計画が。

*

一九四〇年代前半、アメリカ・ニューメキシコ州ロスアラモスで、
密かに計画は進められていた。
人類にとって、全く初めての核爆弾の開発が。
彼らが名付けたのは

マンハッタン計画。

彼らの、誇るべき文明を象徴する都市
ニューヨークの、
その中心に位置するマンハッタン島に由来するものだ。

初めての核の閃光と巨大な火柱に削られた
アラモゴード
大きな凹地の中心に
破砕されたコンクリート片が飛ばされ
後に遺された鉄の支柱が
「グラウンド・ゼロ」
を記録して今も遺されている。

*

二〇〇一年九月十一日

攻撃の記憶が強調され、憶測の数字が夥しく流布され、
それに反応する数字がさらにそれに重ねられてきた。
ゼロ、
何もない、
マイナスの、
中心という数値を背負わされた地点。
ゼロ、
立ち入り禁止の、
ナニモカモ計測不能な、という意味の、
いや、衝撃の映像によって作り上げられてしまった
「クラウンド・ゼロ」。
と名付けられた、マンハッタン島の一角から、
見晴らしのいい、
空を見上げる。

秋の、
蒼い空は、
澄み渡っている。

あの日のように。
気持ちの良い風が。
頬に触れていた。
と、
私の思いをそこに重ねることが可能なのだ。

＊

かつて、
彼ら自身が、
世紀の記録として、東洋の二つの場所に名付けたことがある、
爆心地「グラウンド・ゼロ」と。

問い続けられている世紀の重い意味を離れて、
彼らは、切り替ええてしまったのだ。
簡単に
崩落するビルの、
絶望的に零れて降り注ぐ死者の映像と
焼き尽くされて焦熱を吹き上げる地に、
繰り返し悲劇を被せて、
死者六〇〇〇名余という
意図に嵩上げられた数字に、怒り立ち上げる数字を積み上げて彼らの内なる怒りを纏めて見せたのだった。
かつての真珠湾のように。

＊

「ニューメキシコ」
呪われた地の記憶を宿す、ロスアラモスで、今なお、核の孕む罪科は生み出され続けている。
閃光を浴びて鎮まる憎悪の地から、
死神を自らの手で生んでしまったという、
人類の名において許しを乞うた、
一部の人々の深い悔悟と注意を超えて、
悲しみの根源に打ち震えることなく、事実は積み上げられてきたのだった。

一九四五年六月、ここに「七人の科学者の陸軍長官宛て報告」がある。
「…日本に対し早期に告知せずして核爆弾を使用し攻撃することは賢明でないと確信する。アメリカがもし、人類に対する無差別破壊の新兵器を投下する最初の国となるならば、世界中に世論の支持を失い、軍拡競争を促進し、将来、かかる兵器の管理に関する国際協定を締結する可能性をそこなうものとなろう。」

一九九三年二月五日付け「朝日新聞」は、
アメリカ・エネルギー省の刊行物が、広島と長崎に対する原子爆弾の投下を核実験と記載している旨を報じた。

トルーマン大統領はポツダムでのスターリン・チャーチルとの会議を終わって帰国の途にあった。当直将校のグラハム大佐が大統領に短信を手渡した。

大統領閣下
一九四五年八月五日（ワシントン時間）午後七時十五分、広島に巨大爆弾が投下されました。第一報は、以前の実験にもましてすばらしい完全成功を報じています。
陸軍長官

同年九月に刊行された、米軍資料『原爆投下報告書―パンプキンと広島・長崎』（東方出版）からは、原爆投下への道筋を辿る周到な意図が読み取ることができる。

「ヒロシマ」の、死者十四万人。プラスマイナス一万人。被曝による死者は毎年数を積み上げ続けている。

「ナガサキ」の、死者七万人。プラスマイナス一万人。被曝による死者は毎年その数を積み上げ続けている。

歴史の焼つくされた地の記憶とともに、
神々をも焼き尽くした時の悶えとともに。

もっと、言おうか。
「東京大空襲」の、死傷者十二万余。
周到に計算され尽くした地獄の業火に焼き尽くされた人々の、
心の罪科として蘇ってくる。
その何れもが、一般市民を含む無差別の攻撃だった。

彼らが、此処で確かな「新しい戦争」の形を生み出して、
大量殺戮兵器使用の扉を開いて見せたのだった。
と、言葉の意味が被さってくる。

*

彼らは、その科学の発見を政治に利用したのだ。
報復と世界制覇に向けて、
神に眼を瞑り
人種差別を押し隠したまなざしのうちに。
見せしめの、
「グラウンド・ゼロ」（爆心地）を特定し、歴史の頁に記録した。
と、
考えてしまう者たちの、悲しく辛い思いが、
蒼い空に拡がる
色の深さに滲んでいるのだ。

＊

彼らが攻撃された
「九・一一」の報道に揺れる日々の、
私たちの目の前で、
この国の、軍人だった一人の詩人は公然と発言した。

「拍手、喝采だと」。

一瞬、場の空気が息を呑んで揺れた。

＊

私たちの、

彼らの、

価値観や思いが引っくり返されて、

思わずうろたえて

でも「新しい戦争」と呼んでしまう大統領に、

心を添わせることはないだろう。

二〇〇一年をアナス・ホリビリズ

（ひどい年）

と名付けた人がいるが、それに続く

二〇〇二年は、いったい何と名付けられるのだろうか。

＊注　九・一一同時多発テロ事件による死者の数は、二〇〇二年九月一一日、当局から、公式に三、〇四〇名と発表された。しかし、事件直後から飛び交った死者六、〇〇〇名余のあの数字は何を意味するのだろうか。「新たな戦争」といい、無条件にアフガン空爆に突入したあと、兵士ではない一般の人々の死が積み上げられている。

夢違之地蔵尊縁起

＊夢違之地蔵

小春日和の菊川橋、
川面は温和な光をはじいている。

掛け替え工事の手の休めに
放り出されて
機具と時は止まっているが、
ゆるやかに風になごむ川の袂の
赤い幟の幾本か

が
揺れて、白抜きの、文字が、見え、隠れしている。
〈夢　違　之……〉
夢、
違、
之、
　か
時折り、車がアクセルを踏み込んで通過して行く。
〈ゆめたがえ〉
誰の、夢！

〈東京都墨田区菊川三丁目、菊川橋〉
「夢違之地蔵尊」へ
足が向いている
背に温もる陽を浴びて

次第に私の足は急いでいる。

＊

砂場のある一〇〇㎡ばかりの小公園の隅に、〈夢違之地蔵〉が祭られていた。高さ一mばかりの変哲のない石地蔵、風雨除けのテントで覆われ、地蔵の頭上の被いに〈夢違〉と黒く大きな文字がある。左右に十五本ずつ赤い幟が立てられ、それぞれ、〈奉納夢違之地蔵尊〉と白抜きされている。

植えられたばかりの若木が十本、枯れかかっているのもあるが、小公園に四方には欅の二本の古木を含めて繁みを作っている。地蔵尊の左手前に黒御影の石碑が建てられている。

台座を含めて高さ一m五〇、幅一mはあるだろうか。3㎝ほどの大きな明朝体の文字、36字詰め、22行の本文。〈夢違之地蔵尊縁起〉、その陰刻文を辿ってゆく。

………。

まだ春浅き三月九日夜半、雨あられの如く投下された焼夷弾は、いとまなき出火となり立ち向かう術もなく、却火の中を、親は子を子は親を、呼び合い叫び逃げまども、或は壕に入り、水面に飛び込み、或は公園、校舎に走り、ついに力尽きてその声も消え果て、やがて倒れ重なりまっ黒な焼身と化し、水に入りては沈泥に骸と果て、翌朝光の惨状は眼を覆うばかりであった。生き残れる者僅かにしてそのさまは亡者のようであった。この地の殉難者数三千余名といわれている。

この地蔵尊の在わします菊川橋周辺の惨状は東京大空襲を語るとき後世まで残るもので霊地として守らねばならない聖域である。而して復興なり、一九八三年（昭和五十八年）三月十日、誠心集い浄財を集め仏縁深き弥勒寺住職の教示を得てこれが悪夢の消滅を願い、これを善夢に導き、再び、この悲史くり返さないようにと、夢違之地蔵尊と命名され開眼法要、殉難者追悼供養を施行した。

時移り再び多大なる協賛を得て夢違之地蔵尊縁起の史碑建立となり地蔵講が生まれた。願わくば子々孫々への加護と人類の平和を祈念して本日此処に慰霊法要を謹んで行うものである。

合掌

一九八五年三月十日

＊焚火作戦

夕刻、マリアナ基地から二、二五〇㎞離れた目的地東京へ向けて、ボーイングB29 三二五機が飛び立った。

二九八機の弾倉に一、七六五トンの焼夷弾、一〇〇キロ爆弾六個を積み、他の機には新聞記者やカメラマン、軍事要員が同乗していた。深夜。超低空・無差別爆撃という新戦略技術を見届けるために。

〝〇時八分、第一弾投下〟

深川地区（現江東区木場二丁目）。次いで二分後の〇時一〇分、火災は隣接する城東区（現江東区）に発生。さらに二分経過した〇時一二分には、本所区（墨田区）が火に包まれる。

《第一弾投下から七分、空襲警報発令。》
この頃には独立火点が次々と合流し、一挙に大火流となり、火炎帯は半時間も経たないうちに下町全域に拡がって行った。

・

本隊進発より一時間半前に先発した無線誘導機二機による信号弾誘導。五機は先導機に付いて、一二五機は目視により、一四九機はレーダーによってあらかじめ選定された目標を攻撃。一、五〇〇メートルから三、〇〇〇メートルの高度から総量一、六六五トンの焼夷弾を投下。

・

本所区九六％焼失。深川区、城東区、浅草区の三区は全滅に近い。日本橋区（現中央区）、向島区（現墨田区）は燃え尽きて八時頃鎮火。全東京旧三五区のうち、二六区が何らかの被害を受け、三七万世帯、一〇〇万人が住居を失い、傷ついた者十一万人。死者は十万人。

・

〝枯葉に火が付いた〟

と米軍『戦術作戦任務報告』は形容している。

米軍の損失、対空砲火によるもの二機、事故および機械故障機一機。不時着四機、その他原因不明七機、計十四機。（内未帰還二機）。

・

大本営は、飛来したB二九　約一三〇機。撃墜十五機、損害を与えたもの約五十機と発表した。

＊燃える地図

眼は探照灯のように
巡っていた
朱色の塗り潰された地図の上を。
私の、ではない

誰か、を特定できない夥しい死者の
その、
記憶につながる〈三月十日〉の
日付けを辿る。

・

燃える夜の、夜の記憶の、飛び散る火花の、燃える生命の、叫ぶ声の切れ、ぎれの、燃える記憶の、噴きあがる火柱の、声の聞こえる川面の、沸騰する刻の、映って波立つ火景の、沈み流される生命の………。

・

私の
想像力の闇を舐めて
再び、地図が燃え上がる。
焼けついた地図から
朱の色が溶け出してくる。

《戦災焼失区域表示帝都近傍図》
燃える地図
がここに在る。

・

それでも、
私の類型の朝は、　心持ちくるしげな表情をして
巡ってくる。
そして、
陽の輝き満ちる頃には
その地図の上を踏んでいるに違いないのだ。

サイレント・ストーリー

4

沈黙の歳月を経て、
ただ、そこに取り残されたように在る
収容所、
青い空がひろがり、
静寂が、明るさと暗さの光を微妙に分けていて
小鳥の声だけが風景の中に響いている。

都市の風景の中に
そこだけ、淡い色彩で歳月のストーリーを埋め込んだように、

沈黙している場所がある。

骨組だけの丸屋根が
(人間の記憶)とは何かを決して、語らないという決意で
静寂をそこに置いているのだった。

✣

五〇年目の(被曝の日)と
五〇年目の(敗戦の日)を迎える年の、
幕開けの日に、
目覚めの朝に
私は、何を見るのだろうか。

5

この重い静寂は何だろう。

周囲の風景を暗い淵に鎮めて、

象嵌されたかのように、
そこに、置かれてある。

機能を超える意味と記憶を付与されて
異物のように
そこここに置かれてあるものに
私の眼は囚われている。

〈狂気〉と〈科学〉
〈覇権主義〉と人間への〈憎悪〉から生み出された
数限りない〈死〉の、
伝えられないまま沈黙している者たちの、
恐怖の上に築かれた構造物のイリュージョンだ。

〈五十年〉、すでに代替りを経て、歴史に加えられてよいだろう

（時間）の風化の浸蝕されているのは、
（世界遺産）などと名付けられているものだけではない。

その場所、だけが深く沈黙しているところ、
人類の（死）の記憶がほのぐらく綴られているところ、
恐怖が鎮まらずに、まだまだ沈黙の水面の波立つことのある場所に立って、
柔和な祈りを誘うことのない寒くて固い心の形のことだ。

6

「五十年目の（被曝の日）と
五十年目の（敗戦の日）を迎える年の、
　幕開けの日の、目覚めの朝
　私は何を見るのだろうか。」

と「飛揚」20号の作品の冒頭第一連と終連にも書き付けて、
私の決意とも、胸騒ぐ予感ともとれる一篇の詩のまとめとしたのだったが。

極めて私的なこの連載も、年明けの月からの未曾有の事件の連なりと言葉の氾濫に打たれ続けて、糸口を掴みかねていたのだった。

✢

直下型地震に崩された年の叫喚と、廃墟の映像が呼びさましたのは、五〇年前に眼前にあった日常感の消滅であり、現実そのものの死であった。

重ねて、他愛のない幻想を組み立てた疑似国家の企みが、簡単にその死んだ〈現実〉を再び殺す契機として利用したのではないか、と。

予言などと軽々しい言葉を〈死〉にまとわせて、〈過去〉と〈未来〉の両方向に向いて暴走する〈時間〉の記憶と既視感が、類型のニュース映像を静かになぞっている。

喧騒を掘り返えしも湧き立つ声ばかりを追って、

なお、

情報に乗せられた心は、

軽く飽和点を超えて泡立ってしまうのだが、

妙に鎮まる大地の冷えが
日々の私の決意を鈍らせているのだ。

✣

（訂正）あるいは（補遺）と題されたメモの類が、うず高く机上に乗せられていて、僅か半年余りの月日の面を瘡蓋のようにふさいでいる。
確かに（今日の政治）が勝手に政治であるように、実業の日々の時間も倦怠に歪曲しながら、（株主総会）への道筋を辿っているようなのだ。

ふいに、二つの記事が注意深く、そして（新説）の小見出しを付して報じられた。

（東京6日＝「毎日新聞」95・6・6）
日米両国で近く出版される『アメリカはなぜ日本に原爆を投下したのか』の著書、ロナルド・タカキ米カリフォルニア大教授が五日、
東京都内で毎日新聞のインタビューに応じ米国の広島、長崎への原爆投下決定について、当時のトルーマン大統領の人間性やアジア人に対する人種的偏見が大きな要

因だったと語った。同教授は、また「戦後五十年たち、米国は日本に謝罪する時期がきた」と述べた。
タカキ教授はハワイ生まれの日系三世。著書では、米国内で有力な「爆投下は対日戦に早期終結で米兵の犠牲者を少なくするためだった」との説に反論。「戦後の覇権争いでソ連に有利な立場を確保するため」との政治的事情に加えて、新たな視点として「文化的事情」を重視。トルーマン大統領の日記などをもとに①同大統領は子供のころから「いくじなし」と言われ。ルーズベルト大統領の急死で大統領就任後もマスコミから「小物」と呼ばれて「決断力のある男らしくふるまわなければならない」と強く考えていた。②日米戦争は人種戦争の性格を持ち、同大統領も人種的偏見を持っていたことが原爆投下の決断につながったとしている。

（ワシントン3日＝時事95・6・5「赤旗」）

米歴史研究家のガー・アルペロビッツ氏はこのほど、外交専門誌「フォーリン・ポリシー」に「広島―歴史家たちの再評価」と題する論文を寄稿、「太平洋戦争早期終結のために原爆が必要なかったことを、当時トルーマン大統領ら米政府首脳は知っていた」と結論付け、原爆投下の目的はソ連に対する力の誇示だったと発表しました。

同氏はトルーマン大統領やスチムソン陸軍長官ら当時の米政府首脳の日記や手紙などを分析した結果、この結論に達したとのべています。

この論文によると、米首脳部は日米の暗号電文解読から、一九四五年七月のポツダム宣言の前に昭和天皇が戦争終結の意思を持っていることを知っていました。米側も当初は原爆を使用しないでも、ソ連の対日参戦方針の明示や天皇制の維持を保証することによって日本が降伏に応じると判断していました。

ところが、ドイツ降伏後、米国は戦後のソ連との対立関係を意識し、「対ソ外交戦略の切り札」（スチムソン長官）として日本に原爆を投下する方針に転じました。

このために戦争終結が約二カ月遅れ、この数千人の米将兵の命が失われたとアルペロバビッツ氏は指摘。さらに、日本への原爆投下決定が真剣な議論もされないまま下されたとトルーマン大統領らの姿勢を強く批判しています。

これらの論述の、どれが（新説）と言えるのか。

すべて、〈常識〉の範囲に属していて、その〈記録〉に何ひとつ目新しい発見は見当たらない。

だが、これらの発言は、二人の米国人の〈勇気〉と呼んでいいものに違いない。

〈五〇年決議〉が〈談合〉と〈取り引き〉の中で、葬り去ったもののことを。

〈歴史〉に対して、〈現実〉を生きる者がどれだけ真摯でなければならないかを。

二人の発言が語りかけているように思うのだ。

7

一つの表現に囚われて、
幾つかの朝と夕を費消する。
徒労の行為のように
繰り返えされて、僅かに残されたのは、
〈記録〉に関わるメモの類であったが。

〈沈黙する歳月〉から

取り戻せたのは、
(沈黙の淵)にあってなお、
(現実)の日々を照射するもの、
(記憶)として共有されるもの
(沈黙の闇)に連なりながら消え去らないものたちだ。

8

市井に「事実」として流布される「物語」の内実は、常に、事実に寄りかかるか、物語を過剰に修飾して伝説化するか、あるいは消費の現実を露に語り続けるものとして私の前にある。

✣

「判事がヤミを拒み栄養失調で死亡　遺した日誌で明るみへ」

朝日新聞が伝えた東京地裁・山口良忠判事の死は、「護法」に殉じた良心的な裁判官として、当時衝撃をもって受け止められた。
記事は、その病床日記を紹介して、

「食料統制法は悪法だ。しかし法律としてある以上、国民は絶対これに服従せねばならない。自分はどれほど苦しくてもヤミの買い出しなんか絶対やらない。従ってこれを犯す奴は断固として処断する（略）。自分はソクラテスならねど食料統制法の下喜んで餓死するつもりだ。敢然ヤミと闘って餓死するのだ……」

「法を順守した山口判事は、栄養失調で倒れる。郷里の佐賀に帰省したが、「病気でもヤミ食品をしりぞけ日増しに衰弱」、一九四七年十月十一日、永眠した。高潔な判事の死はセンセーションを巻き起こし、その人格は神格化され〝山口神社〟をつくろうという動きまで生まれた。あとには矩子夫人と五歳と三歳の男の子が残された。」と伝えている。

それから、半世紀近くの「戦後」という稀有な歳月の連なりを経て、「事実」を覆っていた「物語」は、確かにゆっくりと内芯から腐食していたのだった。

右傾化への先導誌「諸君！」一九八八年十月号は、山口判事の長男、良臣氏の「朝日新聞が捏造したわが父『山口判事』の神話」と題する一文を掲載した。

†

「父は日記を書いていたが、それは終戦の日までで、病床で長文を書き記す力はなかったようだ。帰郷してからはヤミ物資と知りつつ、体の回復を図り、生への執着から、積極的に米やイモを食べていた。記事の中の「食料統制法」は「食糧管理法」が正しい。法律のプロ、それも経済事犯を担当する裁判官が名称を誤るわけがない」。

†

時代が求めた美しいその「物語」が、荒廃に煙る闇を正義の光で照らしたのは確かなことだった。

食物を求めて群れる人々の眠っていた心を揺り動かし、熱い火を灯したのは、「物語」を創ることのできた新聞記者の手に許される範囲のことだったのかどうか。（後略）

ある記念品

*

アメリカ中西部の、
とある小都市の一隅に位置する
濃い緑の木立に囲まれた　白い洒落た造りの邸宅の、
暖炉のある居間。

写真や勲章、トロフィーなどで
飾りたてられたケースの中、
飴色にひかる置物がある。

折にふれて、
この家の主、マイク・アンダースンは
遠い場所から想いを引き出すように
柔らかく　丹念に
シリコン布で磨く。

事業に苦難が迫ったとき、
家族に不幸がふりかかったとき、

苦しかった時代の、
堪え忍んだ日々の、
火と土と血と、
陽と砂と海にとりまかれた
死の島の、
異様に静まる夜に身体を伝わる恐怖を、

草木のそよぐ音に、
吹きぬける風の音に聞く。

孤島に満ち溢れた人間の喚声と臭いと炸裂する
砲弾の音の混じり合った狂気の日々を、遠い場所を視るような
その表情の奥深くによみがえらせている。
落ち着いた暮らしの、
ソファーに深く沈ませた夜の静けさの中で。

*

【ニューヨーク　二七日山口特派員】
ビル・ロス氏はニューヨークで次のように語った。
「昨年三月、カリフォルニア州で行われたイオージマ四十周年の記念行事で硫黄島協会関係者に会い、遺族の話を聞いた。私はそれへの協力を申し出、私の著者や在郷軍人の組織などを通じて返還の呼びかけをしている。まだ、はかばかしい成果はあがっていな

いが、アメリカ人の一人として、そうした行為（遺骨を記念品にすること）は、どの社会にもいる、くだらないやつがやった例外的なケースと考えたい。」

＊

私のノートにはさみ込まれている
切り抜き　一枚。
（一九八六年一月二八日「読売新聞」朝刊）

一つの島を、
死の島に変えた戦闘のあとの
隠されていた後日譚。

特派員電の記事に付された
衝撃の見出しが、
私の心の平静を奪ったまま、断片のメモ類に刺さり込んでいて、暮らしを脅かし揺れさせている。

「持ち去られた日本兵の頭がい骨」
「激戦の硫黄島一、〇〇〇個以上」
「米で返還運動」
日々の戦利品？　を取り込んで
際限なくふくらんで行こうとする
私の、
薄い闇の覆う暮らしの夜に
やはり、
遠い場所に視線を向けて
私の、
磨きたてているだろう
形ある物らの　生命のことを想っている。

グラウンド・ゼロ異稿

＊

特別なことばかりの続く日
の朝、
あいにくニューヨークは雨模様。
重い空に　鳥の姿はなく、
霧に煙る滑走路には巨大な鳥の形が駐《とま》っていた。
雑多な視線が不思議に行き交い
群れた取材陣のカメラの砲列と鋭いマイクの塊の中を行く。

あの日のあの時間に、
グラウンドの上空に暑く輝いていた陽の下で
頭を垂れ　黙祷を捧げた日から、
どれだけの時間が経ったことだろう。

雨の中で
何物かが黙って静まっている中を、
高校生たちを乗せた
観光バスが走っていく。

雨の中で
遠くに見え出したヤンキースタジアムの
歴史とメジャー・リーガーについての案内の言葉に
沸き立つ歓声、

身を乗り出すもの、目と目の多くが注がれる。

一つの都市の、
平和の内部を進行しながらの喧騒にまみれたドラマが創られている。

＊

飛行作戦に選定された目標に、正確に爆弾は届いたと報告書の類には記録されている。

地図からは消えない二つの川の交わる地点、人の命とあらゆる生物の命、建造物のことごとくを一瞬にして消失させた原爆の爆心地点のことを
「グラウンド・ゼロ」

一挙に、死者一二万人の（その後の緩慢な、あるいは残酷な歳月を生きた死者一〇万人以上）と名付けたのだ。

真新しい標識の杭には、確かに、そう記述されていた。

無差別大量殺戮の証かしの墓碑になることなど考えずに。

＊

国家の富と権力の象徴の高みの威容を誇っていた、

「ワールド・トレードセンター」。

最新のインテリジェントな機能の集中する現代のバベルの塔は自らの拳の力を捻じ曲げられ、自らの拳の力で突き崩され脆くも崩壊してしまったのだが。死者の数六千人？

真新しい記念碑の類が建てられ、日々に更新される鎮魂の花と香の満ちた空間に、復讐と憎悪を越えようとする「平和の灯」の良心が燃え、語られるべきいのちの言葉が生まれているのに。

一方で、悪意の頭脳と手練によって、命名され建てられた碑のある場所が、

「グラウンド・ゼロ」だと。

言語の貧しい英語の生理によっても、自らの理性と科学による命名に重ねられた罪障を、姑息にも塗り替えようと意図された、理不尽な命名。

＊

特別なことばかりの続く日、
あいにく
今日のニューヨークは雨。
マンハッタン島に向けて

一台の観光バスが走っている。

この国のマスコミの言葉は、
ベースボールの聖地から
ワールド・トレード・センター跡地を訪れた
この国の高校生の動向を、
「テレビ朝日」の現地派遣のレポーターは
高揚した声に乗せて、
「グラウンド・ゼロ」
を鸚鵡のように繰り返し伝えている。

＊全日本高校選抜チームは、八月二十九日、日米親善試合に参加するため米国ニューヨークへ向けて出発した。

Ⅲ

トラ　トラ　トラ

「打電された電文から
嘆息と歓呼の溢れ出す時に向けて
届けられた
かつての逃れられない命運の暗号電文。」

「廻る輪転機の轟音と飛び交った号外、臨時ニュースの忙しい声音に聞き耳を立てる。
大本営発表の始まり、準備された国家総動員体制の向かうところ。」

＊

インターネットの光通信の情報に紛れ込むメールの印字に浮かび上がる恐怖の信号。
「トラ　トラ　トラ」から。

不気味な音をたてて飛来するモスキートの群れ、狙ういのちはあなた
恐怖は三倍拡大のズーム画像に浮かび上がる。

媒介する　ありふれた〈やぶ蚊〉の増殖が二十余年をかけて、「一九八三年七月、テネシー州メンフィスの墓地で初めて発見。

テキサス州ヒューストンにも上陸。二〇〇一年には首都ワシントンに進出。今は全米を席巻し、南米にも勢力拡大中。

一九九九年、ニューヨークで流行し、パニックを起こした西ナイル熱のウイルスも媒介する。と」

真珠湾へ
アメリカ本土へと、

「アジアの虎」

恐怖の生物兵器が進出していると伝えている。

帰化するものは、
お互いさま
人の移住と同じく
いつしか許されてしまう世界のルールだから。

トラ　トラ　トラ、
ありふれたヤブ蚊〈ヒトスジシマカ〉恐怖の命名が、胴体にくっきり印された虎模様
が、羽音を唸らせて空襲する。

未知の生物たちの肌に止まり
初めての体験の針をねじ込み、
鮮やかな血の色を腹一杯に吸い上げる。

温暖化・京都議定書に叛いた
明日からの警告だと、Ｈ・ラリー博士は環境省の調査報告書に答えている。

〈媒介する　恐怖

一族の繁栄を
数量と代を重ねるためだけに。
そして　北へ
さらに　南へと。
温暖化で緩みはじめた風景の新しい世界へと。

つぎつぎに立ちあがる悲鳴の打電が、
トラ　トラ　トラ。

地上で一番幸せな場所

＊

立停まる
ことが、この頃多くなったみたいだね。

商業と政治は巨大な建造物を立ちあがらせていて、
その影で日々の生活が繰り返されている。
乾いた風の吹き抜ける街路に、熱を失った〈言葉〉が
過剰に群れながら漂っているね。

まだまだ、陽の淡い朝の時刻に

戻ってきたよ　私は。

トウキョウ　ベイ　ヒルトン
湾岸の夜景の中にいて、
ライトアップされた〈シンデレラ城〉と
〈トゥモローランド〉の〝スペースマウンテン〟
それら、〈地上で一番幸せな場所〉で演じられたドラマの数々を反芻していた。

〈ワールドバザール〉と名付けられた〝みやげ物売場〟に
殺到して土産物を買い漁る人たちの姿を。

塵一つ落ちていない、酒に酔っている人間《ひと》の一人もいない、
笑顔ばかりの夢の国〝アメリカ〟を。

＊

立停まること、

ばかりの〈幸せな場所〉

は、〝一歳から九二歳の子供たち〟の無垢な心と好奇心を失わない、という素朴な人間観に満ちている。

「この国の幸せな場所にようこそ。ディズニーランドはあなたの国です。ここは、大人が過去の楽しい日々を再び取り戻し、若者が未来の挑戦に想いを馳せるところ、ディズニーランドはアメリカという国が生んだ理想と夢と、そして厳しい現実をその原点とし、同時にまたそれらのために捧げられる。そして、さらにディズニーランドが世界中の人々にとって、勇気とインスピレーションの源となることを願いつつ。＊」

〈つもり〉になり、
〈はまる〉ことの出来る者は幸せ。

たしかに、ゴミは〈カーストディアル〉がすぐ拾いにくるし、アルコール類は売られていない。ミッキーやミニーは永遠に恋人のままである。

キャラクターには決して夫婦や親子は登場しない。血や性の現実、悪や苦との格闘はそこには存在しないのだった。

立停ること、
ばかりの〈幸せな場所〉

から、あなたはどのように巧みに等身の日々を取り戻すのだろうか。じゅくじゅくと〈言葉〉にならない湿ったまま押し上がってくる感情を黙って慰撫していた。立停る、ことの許されない日々の淵で見栄やプライドばかりを刺激するメッセージが消費への欲望を煽っていて。

いつしか、〈つもり〉になろうとしていて〈はまる〉こともあるのだから。

＊一九五五年、開園式におけるウォルト・ディズニーの式辞

時間論

――5の補註による考察

＊註1

謎の文明と呼ばれるマヤ文明が栄えたのは、ユカタン半島を含むメキシコ南部、グァテマラとベリーズの全体、そしてホンジュラスとエル・サルバドルの西部である。暮らしにくい環境の中で栄え、発達した文字体系を持ちながら、なぜ滅んだのか。その謎を解く鍵であるその独特の形をした文字がまだ充分に解かれてはいない。碑文には暦に関する文字があふれ、絵文書には金星や月の周期が計算されていた。石碑は五年、一〇年、二〇年ごとに果てしなく流れゆく時の区切りを記すために、里程標として建てられていたのであるが、マヤの三〇を超える神格の一つに（時間を司る神）の存在があって、その神の要は何とも苦しげに耐える形で刻まれているのであった。

＊註2
（あと六分）

地球の終わりまで。


アメリカの科学誌「プレティン・オブ・ジ・アトミック・サイエンティスツ」は、四十四年間にわたり毎月、核戦争による地球最後の日までの残り時間を（終末時計）として表示していることで有名である。


プレティンを発行している核科学教育財団は、この十月号から、超大国による軍備の増減だけでなく、世界の環境、経済、文化問題を加味して、時計を進めるか遅らせるか判断することになった。それに伴い時計も従来の正方形から円い地球の地図上に時計が浮かぶ形に変わる。と発表した。

当面は二年前から続いている地球の終わりまで（あと六分）の残り時間に変化はないもよう。

プレティンは一九四五年、広島、長崎に投下された原爆の惨状を目のあたりにしたアメリカの物理学者らによって創刊されたもので、冷戦が続いていた間は（三分前）まで進んだこともあったが、八八年の米ソ中短距離核廃棄条約発効後の緊張緩和を受けて、六分前まで戻されている。

＊註3

国連本部は九月九日、一個の懐中時計の紛失を詫びる一通の謝罪文を発送し、それは広島市に届いているのだが、父親の唯一の形見だった持ち主は強いショックを受けている。

この時計は、同市東区光町二、変圧機工場経営　美甘進示さん（六二）の所有。ガラスはなく、長短針が（八時十七分）を指したまま文字盤に焼きつき、倒壊した家の下から見つかったもので、一九八三年に広島、長崎両市が被曝した聖母マリア像などを贈った際、広島市が美甘さんの了解を得て貸与した。これらの資料は、国連の一般見学者コースに展示、反核平和のシンボルとなっていた。

国連広報担当官の話では、三月三日、展示ケースから盗まれているのを発見、このほど陳謝する旨の公式文書を届けたとのとであった。美甘さんは「何とか一刻も早く戻して欲しい」と話している。

＊註4
アメリカ人の約半数が、近い将来、第三次世界大戦が起こると予測している。全米世論調査の結果、大戦の可能性については女性の五三％、男性の四四％、全体で四九％が、いずれ起こると予測。うち三五％が十年以内に起こる、五五％が二十年以内に起こると考えている。また六〇％が第三次世界大戦が起きたら、核戦争になると予測している。

また、別項目の日本との関係の中には六〇％の人が（広島、長崎への原爆投下は正しかった）と考え、とくに男性は七〇％が肯定性は五〇％だった。

調査を実施したメディア・ゲネラルとAP通信、そして回答した受話器の向うの、一，二〇〇人の、心を支配する不気味なものの姿が、闇の中に見え隠れしている。

註5
南アフリカの言葉（マニヤーナ）は、明日という意味なのだが、これはまた（いつか）

あるいは（永遠）という言意味でも使われる。

しかしこの文明においては、あらゆるものが私たちを時間の視野（過去に向かうのと未来に向かうのと）の二つの限界に向かって運んでいく。もはや現在は抽象的な通過点に過ぎずこの点によって、私たちのかすかな記憶はわたしたちの予想の方向に向かって乗換《トランジット》え通過して行くのである。

（引用のための参考文献）

註1『マヤ文字を解く』八杉往穂（中公新書644）

『マヤ文明・インカ文明の謎』落合一泰・稲村哲也（光文社文庫）

註2『読売新聞』（一九八九年九月九日）

註3『毎日新聞』（一九八九年九月二九日）

註4『毎日新聞』（一九八九年八月三〇日）

註5『時間術』J・L・セルヴァン＝シュレベール（新潮社）

マー君の負けた日

＊

ヤンキースの田中将大《まさひろ》投手は
この日カブス戦に登板。
開幕七連勝（日本からの通算三四連勝）を続けていたが、
突然降り始めた雨でぬかるんだマウンド。
スプリットの切れが悪く八安打で、四点を失って、
六回で降板し、
大リーグ移籍後
初めての敗戦となった。１

＊

定期検査のため停止している関西電力飯原原子力発電所三、四号機について、福井地裁が運転再開の差し止めを命じる判決を言い渡した。原発の周辺住民らの訴えを認めたものだ。2

＊

米軍機や自衛隊機の爆音被害に苦しむアメリカ海軍厚木基地周辺住民が国を相手取り、飛行差し止めと損害賠償を求めた第四次厚木爆音訴訟で、横浜地裁は、自衛隊機の夜間の飛行差し止めを命じる判決を出した。全国の基地騒音をめぐる訴訟で、飛行差し止めを命じる判決は初めて。3

＊

元ビートルズのポール・マッカートニーが、都内の病院に入院していることが分かった。ウイルス性炎症に罹り、下痢と嘔吐の症状に苦しんでいるポールは都内のホテルで静養していたが、前日精密検査を受けた病院に、大事をとって入院したという。日本公演の全てと、今月二十八日の韓国公演の中止も発表された。4

＊

劇作家・演出家で、劇団「青年団」主宰の平田オリザが改作を含む短編四篇を上演する

「平田オリザ演劇展VOL．４」を三十一日から六月十五日まで東京・こまばアゴラ劇場で開く。初上演のロボット演劇第一作「働く私」は、ロボットを俳優として出演させ、働く行為を通して人間の存在意義を問うものとのことである。５

＊

アメリカ海軍は自立型ロボットの研究開発に資金援助を行っている。人間を思いやる気持ちをロボットに持たせるまでには長い道のりがあるかもしれないが、逆に、人間がロボットを思いやるのはそれほど困難ではないはずだ。日本の宇宙飛行士、若田光一が、国際宇宙ステーションで仲間だったロボットに別れを告げようとしている動画が放映されたが、それがその証拠だと。６

＊

アメリカ軍の無人偵察機「グローバルホーク」が今月下旬、三沢基地に配備される。自衛隊も来年度以降、同型機の導入を進める方針で、北朝鮮や中国などの動向監視のため、国内でも大型無人機の本格運用が始まる。日本の航空法では無人機の位置づけが明確でなく、運用ルールの整備は急務だ。７

＊

マー君の超人的な記録は途絶えたが、楽天のチームメートだった右腕ラズナーが。アメリカメディアのインタビューに答えて、「田中はブルドック」だと語っている。ロボットにはない勇猛で粘り強い性質をあらわすほめ言葉である。8

参考文献
1赤旗　2読売新聞　3産経新聞　4読売新聞　5産経新聞
7　8　NSMトピックスの記事から部分引用、部分改変、削除を加えている。

ファイブ・アイズ

秘密の五つの国々のことだ。

アメリカ合衆国政府は、属国、中でもファイブ・アイズを構成して、世界じゅうに秘密の監視システムを張り巡らせている。

支配されてきたのは、ほとんど植民地の日本やお隣の国であるのは、逃れられない真実のようだ。

エドワード・スノーデン氏の証言を伝える『暴露[註]』が、詳細なデータでその事実を伝えている。

ファイブ・アイズとはアメリカ・イギリス・カナダ・オーストラリア・ニュージーランドのことである。

*

日々に人々の眼にさらされないで刈り取られる情報という名の言葉の蓄積が、
その国の、ほとんど重要ではない事柄や、
要人たちの電話や通信が丸ごと盗み取られていることを、あらゆる些細な秘密にしたい
ことを。
そのことを、誰も知らないのが問題なのだと、スノーデン氏が伝えている。

*

このところ、私が気になっていることを
テレビの検証画面は伝えている。
オバマ大統領が各国の首脳と面談するとき背後に
あるいは周囲に張り巡らされている銀色の布のようなものの存在を。
あなたも、知らないだろう
それは装飾ではない、セキュリティの専門家はっきりと断言するのだ。
電波を遮断するためのものだと。
アメリカＮＳＡ（国家情報局）は、
世界中のあらゆる国々で盗聴活動をしていることを隠さない、

この日本の基地でも、その作業に従事していたことを、ＮＳＡ元職員のスノーデン氏は証言している。
ファイブ・アイズには、ルーティンの機密情報を常に流しているが、その本元は、米国ユタ州にある新・データ・センターである。

注（グレン・グリーンウィルド著）

アメリカ・メモ

　この作品集で主題にしている「アメリカ」とは不思議な国である。そして、この日本との関わりもまた不可思議なものである。私は一九四三年一月二十六日生まれだから、直接の戦争体験はないが、父親は召集を避けて、札幌・丘珠飛行場などの軍需施設の工事に関わったと聞いている。北海道の奥深い山地に入植した一族は、除虫菊などの栽培をしていたとのことだが、戦中に売却して町中に出て来たが、敗戦後の混乱の中の新円切り替えなどの政策もあって、一層の貧しい暮らしのなかにあった。男兄弟六人、家族八人の戦後の生活はひどかったが、必死に生きている両親の姿を見ては何も言えなかった。中卒後、建具職の見習いとなり、年季の開けるまで務め、二十歳になって定時制高校に通いながら、それなりに社会の不条理に目覚めたということになる。

　詩に関しては、一九六〇年代後半に、写真から、書くという表現形態に入ったのだが、サークル詩誌、投稿詩誌の時代を経ての本格的な活動の継続は、珍しいのではないだろうか。また、当初から書く物の主題は、「戦争」を戦後世代として捉えるという事にあった。既に七十一年が過ぎた現在、戦中に生まれ、団塊の世代とは、少し違って、破壊と荒廃の過酷な空気と、ひどく貧しい暮らしの体験が、そして豊かさへの願望を支えるようにあった「憲法」の存在を眩しく感じていたのは本当のことである。

しかし、この国の戦後の政治を担ってきたのは、戦前からの財閥と官僚、それに繋がる政治家たちで、自民党の党是である「憲法改正」へ向けての一貫した現憲法敵視と実質破壊の歴史であった。そのために、アメリカに対しての無原則で卑屈な態度であり、その売国的な政策は国民には徹底的に隠すという秘密主義が続いてきたのだった。

軍事、経済、政治の全面的なアメリカの属国としての戦後であり、今後は教育（英語）を通しての文化、思想の支配が進められている。

ここでは、ほとんど回復不能の病気（わずらい）と見えるこの国の現状に対しての、処方箋ではなく、気付きの機会を提供することにしかならないと思うが、尽くせないその意を汲み取っていただければ幸いです。

二〇一六年八月六日

著者

アメリカ・日本関係歴史年表

一四九二年　コロンブス　アメリカ大陸発見。
一六〇〇年　関が原の戦い。
一六〇三年　徳川家康の江戸開府。
一七〇三年　赤穂浪士の討ち入り。
一七七五年　レキシントン・コンコードで戦争、独立戦争始まる。
一七七六年　アメリカ独立宣言。
一七八一年　ヨークタウンの戦い、アメリカ大陸軍勝利。
一八一二年　対イギリス宣戦布告、戦争が始まる。
一八二五年　外国船打ち払い令。
一八三六年　テキサス共和国独立宣言、アラモの戦い。
一八三八年　インディアン強制移住。
一八四五年　テキサス併合。
一八五三年　黒船（ペリー）来航。

一八五六年　ハリス来航。
一八五八年　日米修好通商条約締結。
日本使節団派遣。
一八六一年　（〜六五年）南北戦争始まる。
一八六五年　南北戦争終結。リンカーン暗殺。
一八八六年　アパッチ族長ジェロニモ逮捕。対先住民族戦争事実上終結。
一八九八年　米西戦争始まる。米議会、ハワイ併合を決める。
自由の女神像完成。
一八九四年　日清戦争（〜九五年）。
一九〇四年　日露戦争（〜〇五年）。
一九一七年　対ドイツ宣戦布告。
一九二三年　関東大震災。
一九二七年　昭和金融恐慌。
一九四一年　第二次世界大戦に全面参戦。
日本、真珠湾を攻撃。

一九四二年　日本本土攻撃が始まる。
一九四五年　ニューメキシコ州アラモゴルドで初の原爆実験成功。
広島・長崎に原爆投下。
一九四六年　新憲法公布。
東京裁判が始まる。
一九五〇年　朝鮮戦争始まる。
日本警察予備隊設立。
一九五一年　サンフランシスコ講和条約、日米安全保障条約締結。
一九五二年　最初の水爆実験。
一九五四年　自衛隊発足。
一九五五年　南ベトナムに軍事顧問団派遣。
一九五六年　日本国連加盟。
一九五九年　ベトナム戦争開始（七五年まで）。
一九六〇年　池田内閣成立、高度成長が始まる。
日米安全条約が改定される。

一九六一年　キューバと断交、キューバ、ピッグズ湾上陸作戦失敗。
一九六四年　日本 OECD 加盟。
東京オリンピック開催。
一九六五年　北ベトナムへの北爆本格化、地上軍を投入。
一九六八年　小笠原諸島返還。
一九七〇年　大阪万博開催。
一九七一年　ニクソンショック。
一九七二年　田中内閣成立。
沖縄が本土復帰。
一九七三年　円変動相場制で、一ドル＝三六〇円から円高になる。
第一次オイルショックで高度成長が終わる。
一九七六年　ロッキード事件発覚で、田中首相は退陣し、その後逮捕される。
日本国民に米国との関係を疑念で見る習慣を作ることになった。
一九七八年　第二次オイルショック。
日本中国平和友好条約調印。

一九八二年　中曽根内閣成立。
一九八五年　プラザ合意で一ドル＝一五〇円になる。円が強くなりバブルが発生する。
一九八八年　スーパー三〇一条施行（ジャパンパッシング）で、日米関係はギスギスした関係になっていく。
一九八九年　昭和天皇逝去。
日米構造協議（SII）開始。
一九九〇年　イラクのクウェート占領に対し、サウジアラビアに派兵。
大蔵省の総量規制でバブル景気崩壊。
一九九一年　湾岸戦争勃発。
日本は五〇億ドル支援したが、感謝されなかった。
ソ連解体で、米国の覇権が世界に及ぶことになる。
一九九三年　クリントン大統領就任で、日本をターゲットにした経済政策を行う。
日米構造協議は、日米包括経済協議と改められ、より一層の規制緩和や市場開放を迫るようになった。ウルグアイラウンドでは、ついにコメの部分開放が始まった。

一九九三年　非自民政権である細川内閣成立。
一九九四年　自・社・さ連立政権である村山内閣成立。
二〇〇〇年　GATT・ウルグアイランド妥結。
大規模小売店舗法（大店法）が廃止され、日本の経常収支黒字削減とアメリカの財政赤字削減というマクロ経済の協議がなされたほか、政府調達、自動車、半導体など〝分野別協議も行われた。日本のバブル崩壊で、日本の景気が後退したことと中国の存在が大きくなり、日本は問題にされなくなった。
日本の在留米軍経費支援は四〇億ドルで、欧州全体で二四億ドルに比べても多い。
二〇〇一年　ブッシュ大統領、小泉内閣成立。
同時多発テロ事件。
二〇〇一年　米同時テロ発生。自衛隊をサマワに送る。
その報復として、米、英と共にアフガニスタン空爆。地上軍派遣。
二〇〇三年　イラク戦争勃発。

「米国政府の日本政府に対する年次改革要望書」は毎年一〇月に出され、
この年には二〇兆円が米国に送金されている。

二〇〇四年　新日米租税条約発効。
郵政民営化スタート。

二〇〇五年　要望書の存在は、この年の三月、朝日新聞が明らかにした。
日米社会保障協定発効。

二〇〇六年　第一次安倍内閣成立。

二〇〇七年　福田内閣成立。

二〇〇八年　金融危機。
日米相互承認協定発効。

二〇〇八年　麻生内閣成立。

二〇一三年　日米租税条約改正議定書署名。

二〇一四年　安倍・オバマ会談で「日米共同声明：アジア太平洋及びこれを越えた地域の未来を形作る日本と米国」と「ファクトシート：日米のグローバル及び地域協力」を発表。

二〇一五年　アメリカ合衆国最高裁判所は全州での同性結婚を合法化。
二〇一六年　オバマ米大統領G7で来日、初めて広島訪問、原爆資料館を訪れ、慰霊碑に献花、被爆者と挨拶をする。

発表詩一覧

Ⅰ

鳩　詩集『草の研究』
飛行禁止空域　詩集『草の研究』
統計　詩集『時間論など』
契約　詩集『時間論など』
ショウ・ザ・フラッグ　詩集『草の研究』
アンディーからの伝言　詩集『草の研究』
影の濃い時間　未刊詩集『サイレント・ストーリー』
その、西　詩集『草の研究』

Ⅱ

虹の岬　詩集『マー君が負けた日』
マンハッタン化計画　詩集『草の研究』
夢違之地蔵尊縁起　詩集『苦艾異聞』
サイレント・ストーリー　未刊詩集『サイレント・ストーリー』

ある記念品　詩集『苦艾異聞』

グラウンド・ゼロ異稿　詩集『マー君の負けた日』

Ⅲ

トラ　トラ　トラ　「飛揚」45号

地上で一番幸せな場所　詩集『初めての空』s

時間論　詩集『時間論など』

マー君の負けた日　詩集『マー君が負けた日』

ファイブ・アイズ　「詩人会議」2016年1月号

〈著者略歴〉

葵生川玲（あおいかわ・れい）

一九四三年一月二十六日、北海道滝川市生まれ。

詩集に『ないないづくしの詩』『冬の棘』『夕陽屋』『苦艾異聞』『初めての空』『ヤスクニ・ノート』『草の研究』『マー君が負けた日』などの単行詩集。『葵生川玲詩集成』、カセット詩集『葵生川玲詩集』朗読・松村彦次郎。などの選詩集がある。

編著に『現代都市詩集』『羊の詩―一九四三年生まれの詩人たち』などがある。評論集に『詩とインターネット』がある。〈いずれの詩書も視点社発行〉

最新刊に、二〇一六年三月、日本現代詩文庫『葵生川玲詩集』（土曜美術社出版販売）がある

これまで、「詩と思想」編集委員、編集長。「日本現代詩人会」理事長、六〇周年記念事業委員会事務局長。「詩人会議」副委員長などを歴任してきた。現在、詩誌「飛揚」編集長を務めている。

〈現住所〉115-0055 東京都北区赤羽西四―一六―五

□アメリカわずらい
□二〇一六年一〇月一五日初版第一刷発行
□定　価　二〇〇〇円（税別）
□発行所　視点社
115-0055 東京都北区赤羽西二―二九―七
電話・ＦＡＸ ○三―三九〇六―四五三六
□発行人　横山智教
□著　者　葵生川玲
□装　幀　滝川一雄
□印刷・製本　モリモト印刷株式会社
□978-4-908312-04-5 C0092 ¥2000E
□Ｅメール　aoik@circus.ocn.ne.jp

視点社創業三五周年記念企画

●新世紀の詩人一〇〇〇行

期待される詩人の発掘を目的とした第一詩集をお送りする。

A5変型版八〇~九〇頁並製美装　一五〇〇円

葵生川玲編

① 高鶴礼子詩集『曙光』

② 今岡貴江詩集『空のアスカ』

③ 中園直樹詩集『しんかい動物園』

●現代の詩一〇〇〇行

現在、詩壇の第一線で活躍する気鋭の詩人の最新詩集をお届けする。

A5変型版八〇～九〇頁並製美装　一七〇〇円

葵生川玲編

①葵生川玲詩集『歓びの日々』

②菊田守詩集『カフカの食事』

③みもとけいこ詩集『〈明日〉の空』

④青木みつお詩集『人間の眼をする牛』